五行歌集

オールライト

大島 健志
Ohshima Takeshi

そらまめ文庫

目次

第1章　青春の副作用

責任感はない
性欲だけはある
自分が一番
知っているから
結婚しない

席も譲るし
年金も払う
わたくしは
コンプライアンス重視の
変態

本物の正義は
コミックスの中に
置いてきた
二枚舌つかうよ
大人だもの

生き方の
答えが
愛しかない
なんて
つまらない

そんな
生臭い光など
いらないよ
清潔な闇に
包まって眠る

軽薄で低俗な
存在のままで
世界一の
幸せ者に
なりたいんだ

時と場所を
選んで
心を込めて
丁寧に
遠吠えをする

段ボールに入った
猫の死体みたいな
この気持ちを
いくつになっても
捨てられずにいる

強くなった
わけじゃない
賢くなった
わけでもない
鈍くなっただけ

強がりもせず
弱がりもせず
裸の自分を
きちんと
見極める

有頂天には
なりたくない
心なんて
弱いまんまで
構わない

その辺の売れ残りと
一緒にしてもらっちゃ
困るぜ
俺はラスクになるため
生まれたパンだ

結局
あれもこれも
青春の副作用
楽しんだ分だけ
バチが当たる

青春は
三次会まで
あるらしい
自由参加
だけどね

うまくいかないのは
自分のせい
うまくいったときは
誰かのおかげ
一応そう言っとく

血迷ったら
そのまんま
行け
誰も見たことのない
大人になれ

第2章　セル・マイ・ソウル

自分で
自分に
かけた
呪いを
解くのだ

欠落は
時に　その人の
生きる指針となる
夢や希望よりも
色濃く

魅力とは
とどのつまり
違和感
尖ってないと
刺さらない

値段が
付くなら
持ってけよ
二束三文の
ちんけな魂

薄毛症の
サルです
それ以上でも
それ以下でも
ない

へし折られても
また生えてくる
プライドの
毛根は
しぶとい

野生の
ろくでなし
舗装路ばっかり
選んで
歩く

滅びゆくものしか
愛せない
たとえ
見せかけでも
永遠はこわい

切れ端を
燃え滓を
残り香を
愛して
いる

気取るような
ことじゃない
ただシンプルに
生きるのが
下手くそ

生存することに
飽きた
あと
何を
言えばいいんだ

バラ色になる
はず
だった
ぼくらの
末路

第3章　彼女たちの流儀

颯爽とした
席の譲りっぷり
このバスの
メインヒロインは
貴女に決定

愛されメイク
ワンピースに
スニーカー
冒険に行く
準備はできた

一年中
水着姿の
カバーガール
季節外れの
野菜のように

まるで
ギターソロ
躍動的な
六歳男児の
放尿

もはや声援ではない
叫びたいから
叫んでいる
補欠チームの
野球少年

鈍器のような
女性ファッション誌
そんなに綺麗になって
いったい誰を殺す
おつもりですか

「お洒落を諦めた」
と言う貴女に
選ばれている
パーカーの
気持ち

跋扈する
フルメイクの
ビール売り
夜の球場を
彼女達が回す

第4章　恋と呼べるかわからない

恋と呼べるか
わからないけど
花火大会
最初に君の
顔が浮かんだ

花が咲くように
君が笑う
まいったなぁ
いや、良いんだけど
なんかもうずるい

60分に1本の
特快に乗って
君に会いに行く
つまんない街を
飛び越えて

最大限の親しみを
もってしても
1ミリのときめきに
負けてしまう
恋心のヒエラルキー

推しにも
ソシャゲにも
興味ないけど
君と話がしたい
こっちを向けよ

「設定」にある
「僕を好きになる」
という項目に
チェックを入れ
再起動します。

素顔なんて
みんな
似たり寄ったり
化粧したまんまの
君が好き

下手くそな光で
照らしておくれよ
君のがいい
君のじゃなきゃ
いやだ

甘ったれでも
何でもいいよ
大丈夫じゃないよ
君のせいなんだ
ほっとかないでくれ

繋がりなんて
信じない
と言える相手がいる
繋がりに
甘えている

本当に欲しいものは
お店では買えない
検索も出来ない
勇気を持って
君に話しかけないと

あなたの心を
鷲掴みに
したいと願う
念入りに
手指衛生する

スタバでも
いいけど
うちにおいでよ
麦茶なら
あるからさ

飲み干したら
もう　後戻りは
できないぜ
ミルクティー色の
肌に触れる

終電間際
氷の溶けた
ハイボール
だんだん
無口になる

おっぱいとか
おしりとか
じゃあない
君の膝の裏を
ずっと見ていたい

話を聞かせて
君を苦しめるものの
正体を
きっと
言い当ててみせるから

愛とか恋とか
知らんけど
君が
居てくれたら
嬉しいです

忘れてくれていい
君の神経細胞(ニューロン)に
ひとときでも
居場所があったこと
誇りに思う

ひとつだけ
大切に隠している
臭いも音もない
おならのような
本音

気が変わった
やっぱり来世も
無駄な青春を
過ごすんだ
君に会いに行く

第5章　ロストピース

勇敢な善人ほど
早逝してゆく
残された者たちが
意気地のない
社会をつくる

生き残っている
時点でもう
傲慢だという
ことだけは
自覚していたい

退屈だなんて
思ってごめんな
平和がこんなに
壊れやすいなんて
知らなかったんだ

悪びれもせず
手遅れの世界を
次世代に遺す
そういうもんだ
という顔をして

破綻する時代の
ツケを
家庭に押し付けて
誰が幸せに
なれるのだろう

僕らは
薄っぺらい
風見鶏
空気しか
読めない

皆が皆
「俺のせいじゃない」
と言いながら
狂ってゆく時代に
少しずつ
加担している

このままじゃ
いけないことは
わかっている
ただ　このままじゃ
いけないこと以外
わからない

ごまかしだらけで
白々しい
だけど
愛しい
われらの平和

幕間

～四つの折本より～

折本(おりほん)には様々な形がありますが、ここでは、１枚の紙に切り込みを入れ、折り曲げて本の形にした全8ページの本を指します。

自分だけが
不幸なつもり
利口なつもり
わりとよくある
落とし穴

やけっぱち
うそっぱち
だけど
時間どおりに
お腹が空くの

人も　想いも
大事にしすぎて
腐らせてはいけない
手放すときは
思い切るのだ

口角を　筋肉で
持ち上げて
無理矢理に笑う
私の門にも
福は来るだろうか

それは
ただの物臭かも
ただの空腹かも
しれないぞ
簡単に望みを絶つな

最後は必ず
正義が勝つ
おれは大丈夫
信じろ
人生は美しい

「中空の景」表紙画

いつだって
私は
清く正しく
歪んだ人間の
味方でありたい

なんでもない
お世辞や煽てが
ときに
本物の自信を
作り上げる

足腰が
ガクガクするまで
セックスした
あとは老後の
話をしよう

求めているのは
正解でもなく
完璧でもなく
君にとっての
ちょうど良さ

笑いのネタにも
ならないような
不細工な欲望を
いつも　ただ
持て余している

でもま、
いいや
隣の君が
笑っていれば
だいたいＯＫ

「キス・ミー・イフ・アイム・クレイジー」表紙画

ずるっこ
させて
マジメなだけでは
ちょっと
しんどい

こまめに
自分を
絶賛していこう
自画自賛の
ススメ

おそるおそる
正解を選ぶより
堂々と
間違えろ
そして笑っていろ

誰も傷つけずに
ちょっとだけ
ラクになるための
負け惜しみ
私にとっての「歌」

咀嚼の
足りない
脂身
のような
人生

呼吸をして
排泄をして
それだけの日々を
立派そうに
歌にする

「ずるっこ」表紙画

余分な物しか
入ってなくて
それが
魅力の
フラペチーノ

健康を
目指すという
不健康
鼻血を出すまで
ピーナッツ

たまには
殴らないでいて
欲しい
儚い望みの
グリーンピース

甘ったれんな
無理しているけど
一緒にいるよ
有無を言わさず
レモネード

絆も柵(しがらみ)も
同じ意味の
言葉
生まれたときから
ビリヤニ

いつの日か
また会える時が
来るだろう
心に秘めた
プチトマト

「栄養バランス」表紙画

第6章　でこぼこ

はじまりは
クソガキ
何を格好つける
ことがある
素っ裸でいい

足りないものには
執着するくせに
もらった恩は
あっという間に
忘れるのな

わざわざ
他人の不幸に
首を突っ込んで
心の中では
相手を見下す

なんでも
丸齧りするので
ちょいちょい
毒に
あたる

託された
使命は
ドブに捨てて
鼻くそを
ほじる

甘やかして
嫌気がさして
全部放り出す
そんな風にしか
愛せない

おれの言う事は
絶対に正しい
だから
おれの言う事は
信じるな

はみ出すのにも
作法がある
ここは
君だけの
遊び場じゃない

必要なのは
ある種の滑稽さ
大真面目に
ラジオ体操
するような

皮肉屋の
悲観主義者だけが
辿り着ける
本物の光が
ある

美学など
いらない
みっともなく
滅びてゆこう
君の手を握る

小賢しくなりたい
小狡くなりたい
口だけは言っておく
ぶっ壊れ承知
アクセルを踏む

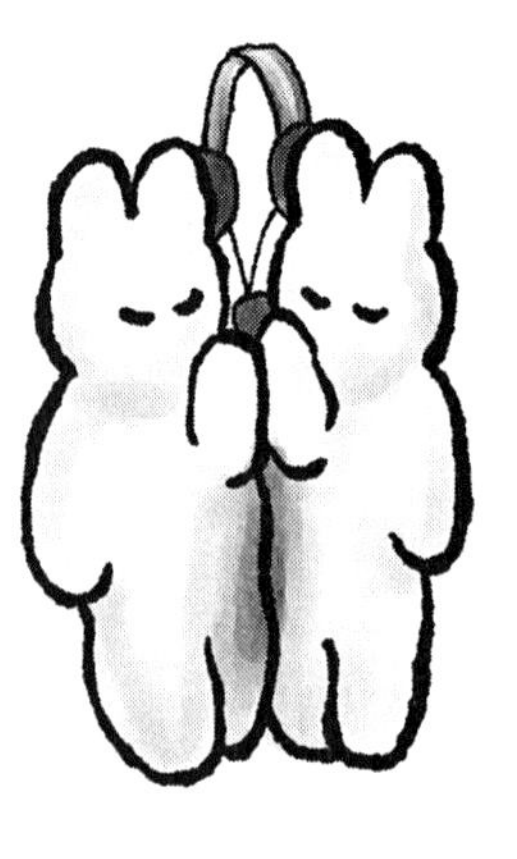

第7章　友へ

低レベルな下ネタで
腹が捩れるほど
笑い合った仲だから
あいつのことは
一生裏切らない

思った通りの
笑い方で
励ましてくれる
つられて僕も
ヌヘへと笑う

いちおう
難しい顔して
相槌を打つけど
ほんとうは
何にも聞いていない

話を聞かない
あなたとの
解りあえない
からこその
絆

雑な友達と
雑な話題に
雑なメシ
そういうので
いいんだよ

かしこまる
間柄じゃない
雑に扱うのが
最上級の
リスペクト

僕が生きている
あいだは
みんな
僕より先に
死んでしまう

「みんな死ね」と
思えるのは
みんなが
生きていて
くれるから

犯罪をせずに
金の無心もせずに
それなりにまっとうに
生活しているだけの
君が好きだよ

僕が死んだら
あの世で君を
思い出し笑いの
ネタにする
君も同じならいい

きみに
出会えてよかった
あの世でまた
なんか楽しいこと
しよう

第８章　君が希望を語れ

希望を
やさしい言葉に
子供らは
それを食べて
育つ

社会的距離
とったままで
おとなになる
ぶつかり合わない
こどもたち

ほどよく温まった
便座しか知らない
少年は
どんな大人に
なるのだろう

繕わないで
そのままで
不器用
イズ
ビューティフル

絞り出せ
ほんとの気持ち
君の声は
生きている間だけ
生きている誰かに届く

いい人になる
必要はない
いい人に見えれば
とりあえず
合格

「居場所がないなら
作ればいい」
とか言う奴を信じるな
それが出来ないから
ないんだよ

諸悪の根源は
「さみしさ」
さみしくなければ
大抵のことは
乗り越えられる

勇気を持て
生き辛さを
裏返せ
その欠点は
美徳かもしれない

良い子だから
愛しているんじゃない
愛しているから
良い人生を
歩んでほしい

胸を張れ
きみが誰を
傷付けようと
きみのストーリーには
敬意を払う

誰かの
悪態をついても
君が相対的に
いい人にはならない
よね

希望を
語るのは
胡散臭いヤツだけ
このままじゃ
ヤバいと思うよ

実直でダサい
君こそが
希望を語れよ
皆がそれを
聞きたがっている

先生は許しません
あなたが自分を
卑下することを
それに無自覚で
いることも

君のその
引っ込み思案で
傷つきやすい
善良さこそが
世界に欠けているもの

私はここで
朽ち果て
礎となるから
どうぞ　あなたは
はばたいてゆきなさい

最悪
飛び立てなくても
いい
窓を
開けるんだ

みだれ
つながり
むすんだ命
ひとりになんて
させるかよ

第9章　空虚な幸福

似合わないこと
させちゃって
ごめん
別々に
幸せになろう

その不幸でさえ
本当は羨んでいる
のかもしれない
ひとり専用の
空虚な幸福

不幸をぜんぶ
不幸のせいに
しちゃだめだ
ほんのちょっとは
僕のせいだよ

邪魔ではない
居てくれて嬉しい
でも
凭り掛かる
つもりはない

眠れない夜
タイムラインを
漁って
寂しい人を
探す

自分が逆らえない人から
受けたストレスを
自分に逆らえない人で
解消できてしまう
私という人

翼があっても
調子に乗らない
目立たないよう
日陰で
羽ばたく

ぼくたちは
愛し方の
違いで
諍う
獣

開かれている
ほうがいい
という誤解
閉じているうちは
宇宙でいられる

文句を言うだけの
外野席
臆病な
わたしの
特等席

調子が良いと
無神経
調子が悪いと
被害妄想
たまに反省もする

ドヤ顔で
身も蓋も無い
ことを言って
それがカッコいいと
ずっと思ってたよ

あんまり
自分のことを
信用するな
どうせ心なんて
すぐに変わる

心に
ばっかり
威張らせるな
理性や打算の
言うことも聞け

嫌われても
落ち込みはするけど
傷付かない
君よりも僕の方が
僕のことが嫌い

好かれても
喜びはするけど
まあ当然かとも思う
君よりも僕の方が
僕のことが好き

笑え
もう全部笑え
喜劇でしか
扱えない
希望がある

そうでしょう　そうでしょう
もっと褒めてください
これは自分でも
お気に入りの
仮面

最終章　ふぞろいの結晶

圧倒的な
権力を持った
お人好し
そういうものに
私はなりたい

聞きたいのは
魂のこもった
綺麗事
それ以上に
価値のあるものなど

解ってほしいのだ
駄々をこねるのだ
大抵は無駄なのだ
でも
それでいいのだ

才能も知識も
覚悟も足りない
それがどうした
まだ大きな声で
うたえる

くやしい思い出
大事にしたい
いつまでも
みっともない歌
詠っていたい

要らないもの
ぜんぶ捨てて
手ぶらだから
俺ばっかり
ご褒美もらう

もう欠落や
劣等感に
頼らなくても
歌はつくれる
お別れの時間だ

心を込めて
過ごした日々は
君を裏切らない
もっと信じても
大丈夫

突き詰めれば
才能より根性
消えた天才
と
残った凡人

才能がなくても
はしゃいでいこう
ふざけきったほうが
人生は
楽しい

そうだね
こんなふうに
ごまかしながら
僕たちも
幸せになれるといい

骨の髄まで
愛されきった
あとはもう
歌で伝えて
ゆくだけのこと

言いそびれた
ありがとうを
ちゃんと
伝えるために
生きている

贅肉の
付きすぎた
パンクス
幸せだから
文句は言わない

悲しい時代に
悲しい顔は
似合わない
絶望と分断の
ど真ん中を行け

ばらばらの
ひかりで
現世を照らす
ふぞろいの
結晶たち

優しい人になりたい
正しくなくても
まともじゃなくても
少しずつでも
優しい人になりたい

弱さと
恥ずかしさを
誇ろう
おれたちは
そういう生き物

跋　閉じている宇宙

漂　彦龍

大島健志の第二歌集『オールライト』は明るい題の歌集だが、必ずしも明るい内容の歌集ではない。むしろ、作者の歌にあるように「清潔な闇」が多い。

歌集を読み進めると、いささか引きこもり気味の作者の私生活が仄見える。フィクションとしての歌を展開できる五行歌人もいるが、おそらく作者はそれほど器用ではない。

だからというわけではないが、さりげなく書かれているような歌にも絶望が張り付いているのではないか、といらざる危惧を抱いたりする。

ところで絶望と言えば、「絶望は虚妄だ。希望がそうであるように」という、ハンガリーの詩人ペテーフィの言葉がある。魯迅の文章を通して知ったのだが、たまたま訳が違っていたのか、私のうろ覚えだったのか、最近までずっと逆だと思っていた。「希望は虚妄だ。絶望がそうであるように」と。

　自分はハンガリー語がわからないので訳の正否を判断することはできないが、本音を言えば逆バージョンの後者のほうがしっくりくる。名前しか知らないハンガリーの詩人がこの言葉を記したのは（あるいは近代中国随一の文豪がこの言葉を引用したのは）、絶望にとらわれることからの解放を、意図していたと思われるから。その意は「希望は虚妄だ。絶望がそうであるように」という言い回しのほうがはっきりするのではないだろうか。

「オールライト」の意味は「大丈夫」とか「正しいよ」ということだけれど、収録された歌は、否定もしくは否定的な言辞で満ちてもいる。それでも、時折「だいたいＯＫ」とか、肯定が顔を出す。ペテーフィの言葉を連想したのは、否定しては肯定し、肯定しては否定する、この歌集全体のトーンに拠るものだ。

　作者は年齢的には「青春の三次会に参加」（作者の歌からの切り貼り）しているようだから、この歌集のそういうトーンを、純心と見るか、あるいは甘えと見るかは、読者によっては評価が分かれそうだ。その意味で、この歌集は『だらしのないぬくもり』（第一歌集）から始まり、第三歌集以降へと至る、過渡的な歌集と言えるかもしれない。

さはさりながら、個々の歌には完成度の高い傑作も多く見られる。たとえば次の一首。

開かれている
ほうがいい
という誤解
閉じているうちは
宇宙でいられる

作者の「閉じている宇宙」はこのあとどうなるだろうか。ブラックホールになるのか、ビッグバンを起こすのか。どちらにしても、それは新しい宇宙に通じているはずだ。

『オールライト』を読みながら、私はそんな予感を抱いている。

あとがき

「五行歌を通じて、かっこよくなりたい」

そのように前作のあとがきで書いたのを覚えています。あれから四年あまりが経とうとしています。年齢は四十路に突入し、転職をし、五行歌と並行して短歌も発表するようになり、持病のせいで体調を崩しがち、その実は相も変わらず実家暮らしの子供部屋おじさんの私が世間一般的にかっこよいかはさておき、前作を出してからの四年間は間違いなく今までの人生で一番充実して、一番楽しい四年間でした。

私はこの四年間のどこかで自分自身と折り合いを付ける術を身に着けたような気がしてなりません。以前の私は、臆病なくせに身勝手な自分のことが大嫌いでした。しかもそんな自分を自覚しながら性格や生き方を変えようともせず、未熟さに起因する生きづらさを周囲に責任転嫁して、ひたすら自分の殻にひきこもっていました。

もちろん年齢や環境のおかげもあるのでしょうが、そうした状態から少しずつ自分のことを許容できるようになる過程において、五行歌の存在は大きかったと思います。想いを包み隠さず歌に書くことで、自分の感情を客観的に把握し、気持ちの整理ができるようになりました。また、そうした歌を発表しても決して笑わず、馬鹿にもせず、真剣に、敬意を持って読み解いてくれる歌会という「場」も私にとっては心の拠り所でした。

今はたとえ、かっこよくなれなくても、五行歌とそれに関わる方々を大切にして、今後も精進してゆきたいです。

最後になりましたが、跋文を書いてくださった漂 彦龍さん、著者近影と挿絵のイラストを書いてくれた花島照子さん、装丁をしてくださった井椎しづくさん、刊行に当たって色々と力になってくださった事務局の皆さま、いつも元気をくれる家族と友人達、今までに出会った全ての五行歌人の皆さま、そして、本書を最後まで読んでくださったあなたに、心より御礼を申し上げます。そして、これからもどうぞよろしくお願い致します。

大島 健志

二〇二三年五月二十七日

大島 健志（おおしま たけし）
1979年7月生まれ。
図書館情報大学同学部同学科卒。
母の影響で2014年頃から五行歌を書き始める。五行歌の会同人。
2019年五行歌集『だらしのないぬくもり』上梓。
hidgepaso0713@gmail.com

そらまめ文庫 お2-2

オールライト

2023年7月13日　初版第1刷発行

著　者　大島 健志
発行人　三好 清明
発行所　株式会社 市井社
〒162-0843
東京都新宿区市谷田町3-19 川辺ビル1F
電話　03-3267-7601
https://5gyohka.com/shiseisha/

印刷所　創栄図書印刷 株式会社

イラスト　花島照子
装丁　しづく

ISBN978-4-88208-202-6

五行歌五則 ［平成二十年九月改定］

一、五行歌は、和歌と古代歌謡に基いて新たに創られた新形式の短詩である。

一、作品は五行からなる。例外として、四行、六行のものも稀に認める。

一、一行は一句を意味する。改行は言葉の区切り、または息の区切りで行う。

一、字数に制約は設けないが、作品に詩歌らしい感じをもたせること。

一、内容などには制約をもうけない。

五行歌とは

五行歌とは、五行で書く歌のことです。万葉集以前の日本人は、自由に歌を書いていました。その古代歌謡にならって、現代の言葉で同じように自由に書いたのが、五行歌です。五行にする理由は、古代でも約半数が五句構成だったためです。

この新形式は、約六十年前に、五行歌の会の主宰、草壁焰太が発想したもので、一九九四年に約三十人で会はスタートしました。五行歌は現代人の各個人の独立した感性、思いを表すのにぴったりの形式であり、誰にも書け、誰にも独自の表現を完成できるものです。

このため、年々会員数は増え、全国に百数十の支部があり、愛好者は五十万人にのぼります。

五行歌の会　https://5gyohka.com/
〒162-0843 東京都新宿区市谷田町三―一九
川辺ビル一階
電話　〇三（三二六七）七六〇七
ファクス　〇三（三二六七）七六九七